AF360298

Vente du Samedi 28 Octobre 1871

FAÏENCES ITALIENNES

MEUBLES, BRONZES, MARBRES

Tapisseries et Étoffes

EXPOSITION PUBLIQUE :

Le Vendredi 27 Octobre 1871.

DE UNE HEURE A CINQ HEURES

Mᵉ CHARLES PILLET,	M. CHARLES MANNHEIM,
COMMISSAIRE-PRISEUR	EXPERT
10, rue de la Grange-Batelière	rue Saint-Georges, 7

CATALOGUE

D'UNE COLLECTION

DE

FAÏENCES ITALIENNES

DES FABRIQUES DE :

**Urbino, Forli, Caffagiolo, Deruta, Castel-Durante, Pesaro,
La Frata, Hispano-Arabe, etc.,
Verrerie de Venise,
Porcelaines, Sculptures en marbre, Meubles, Pendules anciennes,
Armes,
Tapisseries et Etoffes anciennes,**

LE TOUT PROVENANT DE L'ÉTRANGER

ET DONT LA VENTE AURA LIEU

HOTEL DROUOT, SALLE N° 5

Le Samedi 28 Octobre 1871

A DEUX HEURES TRÈS-PRÉCISES

Par le ministère de **M⁰ CHARLES PILLET**, Commissaire-Priseur,
10, rue de la Grange-Batelière;
Assisté de **M. CHARLES MANNHEIM**, Expert, 7, rue St-Georges.

Chez lesquels se trouve le Catalogue.

EXPOSITION PUBLIQUE : *le Vendredi 27 Octobre 1871,*
DE UNE HEURE A CINQ HEURES

CONDITIONS DE LA VENTE.

Elle sera faite au comptant.

Les adjudicataires payeront *cinq pour cent* en sus des enchères.

L'exposition mettant le public à même de se rendre compte de l'état des objets, il ne sera admis aucune réclamation une fois l'adjudication prononcée.

Paris. — Imp. de PILLET fils aîné rue des Grands-Augustins, 5.

DÉSIGNATION

FAIENCES ITALIENNES

1 — Fabrique d'Urbino. — Grand vase ovoïde sur piédouche, à anses formées par de doubles serpents enroulés,
décoré de deux médaillons de personnages et de rinceaux en camaïeu bleu sur fond jaune. — Haut., 65 cent.

2 — Même fabrique. — Vase ovoïde à anses, décoré de
rinceaux et armoiries sur fond jaune d'or. — Haut.,
40 cent.

3 — Même fabrique.—Grand plat ovale à compartiments,
encadrés d'ornements et de mascarons en relief. Il est
décoré au centre d'un sujet tiré de l'histoire romaine
et le fond est couvert de grotesques sur fond blanc ; au
revers : Dauphins se jouant dans les flots. Il porte la
signature d'ALFONSO. PATANAZZI. INVENTIT. URBINI.
Grand diam., 65 cent. Petit diam., 52 cent.

4 — Même fabrique. — Grand plat rond représentant une course de char. Le bord est richement décoré de grotesques et de sujets de chasse. — Diam., 48 cent.

5 — Même fabrique. — Autre plat représentant l'enlèvement d'Hélène (ovidio, 37). Le marli est décoré de génies ailés supportant un écusson armorié. Sur un cartouche on lit : Urbini. — Diam., 40 cent.

6 — Même fabrique. — Grand plat rond représentant le Jugement de Paris, par Patanazzi, d'après Raphaël. — Diam., 48 cent.

7 — Même fabrique. — Autre plat représentant la chasse au sanglier de.Calydon. Au revers, l'indication du sujet. — Diam., 38 cent.

8 — Même fabrique. — Plateau sur piédouche, décoré de grotesques en couleurs sur fond blanc et d'un médaillon au centre, représentant un génie ailé debout en camaïeu jaune. — Diam., 27 cent.

9 — Même fabrique. — Petite assiette de décor analogue. Diam., 29 cent.

10 — Même fabrique. — Autre assiette de décor analogue. Diam., 23 cent.

11 — Même fabrique. — Coupe ronde sur pied bas, sujet mythologique, composition de huit personnages. — Diam., 25 cent.

12 — Même fabrique. — Grand plat rond représentant un combat de cavaliers en camaïeu bleu, rehaussé de jaune et de vert. Ecole primitive. — Diam., 43 cent.

13 — Même fabrique. — Petit plat rond; Diane assise. — Diam., 24 cent.

14 — Même fabrique. — Coupe ronde sur piédouche, décorée de fleurs arabesques sur fond bleu. Elle porte à l'intérieur les armes des Strozzi. — Diam., 36 cent.

15 — Même fabrique. — Cornet décoré d'ornements et d'un médaillon renfermant une tête casquée. — Haut., 25 cent.

16 — Fabrique de Forli. — Coupe à godrons en spirale, décorée d'ornements en camaïeu sur fond gros bleu et d'un médaillon représentant Vulcain forgeant. — Diam., 25 cent.

17 — Fabrique de Caffagiolo. — Plat rond décoré d'ornements et d'imbrications; au centre un buste de femme. — Diam., 34 cent.

18 — Même fabrique. — Broc à une anse, décoré de deux bustes, têtes d'hommes. — Haut., 26 cent.

19 — Fabrique de Deruta. — Plat rond, décoré d'une rosace à reflets métalliques rehaussés de bleu. — Haut., 40 cent.

20 — Même fabrique. — Coupe ronde et profonde sur piédouche, décorée d'ornements à reflets mordorés rehaussés de bleu. — Diam., 30 cent. Haut. 22 cent.

21 — Même fabrique. — Coupe ronde repoussée à bossages et décorée de feuillages à reflets mordorés sur fond bleu. Diam., 27 cent.

22 — Fabrique d'Urbino. Salière formée de trois cariatides fantastiques ailées supportant la coupe, décorée d'une figure de génie. — Haut., 15 cent.

23 — Fabrique de Castel Durante. — Jolie coupe d'accouchée, d'un charmant décor et d'une parfaite conservation.

24 — Même fabrique. — Deux cornets, décorés de mascarons en grisaille sur fonds bleu et jaune. — Haut., 28 cent.

25 — Même fabrique. — Quatre cornets, décorés des armoiries des Strozzi et portant la date de 1562. — Haut., 20 cent.

26 — Fabrique de Pesaro. — Plat rond décoré d'une tête de guerrier casqué et d'imbrications au bord. — Diam., 40 cent.

27 — Même fabrique. — Autre plat rond, de décor analogue. — Diam., 40 cent.

Pesaro.

28 — Même fabrique. — Plat rond à décors à reflets métalliques rehaussés de bleu. Cerf et gazelle au centre; bords à ornements et imbrications. — Diam., 40 cent.

29 — Même fabrique. — Plat rond, décor à reflets métalliques et bleu; le lion de Saint-Marc. Bord dit à queue de paon. — Diam., 40 cent.

30 — Même fabrique. — Plat rond, décor à reflets métalliques rehaussé de bleu. Vénus et l'Amour, bord à imbrications et à ornements. — Diam., 43 cent.

31 — Même fabrique. — Autre plat rond à reflets métalliques. Au centre, saint Jérôme; bord à imbrications. — Diam., 40 cent.

32 — Même fabrique. — Plat rond à reflets métalliques, décoré d'un buste de femme avec inscription. — Diam., 40 cent.

33 — Même fabrique. — Plat rond pouvant faire pendant à celui qui précède. — Diam., 40 cent.

34 — Fabrique hispano-mauresque. — Bassin rond à décor à reflets métalliques, portant au centre un écusson armorié. — Diam., 38 cent.

35 — Même fabrique. — Hanap à décor à reflets mordorés sur fond blanc. — Haut., 25 cent.

36 — Même fabrique. — Grand plat à décor à reflets. Il porte au centre un aigle aux ailes éployées. — Diam., 45 cent.

37 — Même fabrique. — Autre plat à ombilic saillant et feuillages en relief, décor à reflets mordorés. Il porte au centre les armes d'Aragon et des inscriptions au pourtour. — Diam., 48 cent.

38 — Même fabrique. — Plat rond analogue. — Diam., 40 cent.

39 — Fabrique siculo-arabe. — Plat rond à ombilic saillant et feuilles en relief au bord. Il est décoré de feuillages mordorés rehaussés de bleu. — Diam., 40 cent.

40 — Même fabrique. — Autre plat de même style. — Diam., 40 cent.

41 — Même fabrique. — Plat analogue à celui qui précède. — Diam., 40 cent.

42 — Même fabrique. — Autre plat analogue.

43 — Même fabrique. — Petit plat rond décoré de fleurs arabesques à reflets mordorés et rehauts de bleu. — Diam., 34 cent.

44 — Fabrique de Savone. — Plat rond à bord festonné et à ornements en relief, décoré de figures en camaïeu bleu. — Diam., 44 cent.

45 — Même fabrique. — Plat analogue à celui qui précède. Diam., 44 cent.

46 — Même fabrique. — Autre plat de même style. — Diam., 44 cent.

47 — Même fabrique. — Petit plat octogone décoré en camaieu bleu. — Larg., 28 cent.

48 — Fabrique de La Frata. — Coupe ronde à deux anses enroulées à décor d'ornements en relief, émaillés jaune et vert. Le couvercle en forme de tourelle. Modèle rare. —Diam., 17 cent.

49 — Fabrique de Castelli. — Plaque rectangulaire : la Conception de la Vierge. — Haut., 27 cent.

50 — Même fabrique. Plaque ronde : la Confession. — Diam., 18 cent.

VERRERIE DE VENISE

51-60 — Dix pièces diverses en verre de Venise qui seront vendues séparément.

PORCELAINES

61 — Vase forme balustre, à couvercle, en ancienne porcelaine de Chine, décoré de fleurs et insectes en émaux de couleurs sur fond bleu. — Haut., 48 cent.

62 — Deux plats en ancienne porcelaine du Japon ; décor en camaieu bleu. — Diam., 38 cent.

63 — Boîte rectangulaire en ancienne porcelaine tendre de Capo di Monte, à sujets mythologiques en relief. — Long., 19 cent.; larg., 10 cent. 1/2.

MARBRES

64 — Bas-relief en marbre blanc, légèrement cintré par le haut : Danaé et Jupiter. Travail italien du xviiie siècle. — Haut., 63 cent.; larg., 52 cent.

65 — Autre bas-relief en marbre blanc : Eve debout, d'après Albert Durer.— Haut., 55 cent.; larg., 30 cent.

66 — Groupe de deux figures : Amour et Satyre, sur socle à moulures. Travail italien. — Haut., 58 cent.

MEUBLES ET BRONZES

67 — Petit meuble à deux corps en bois de noyer sculpté à ornements. Style renaissance. —Haut., 1 m. 86 cent.; larg , 1 m. 05 cent.

68 — Autre petit meuble de même style, le bas à portes pleines et le haut formant vitrine.— Haut., 2 m.; larg., 92 cent.

69 — Deux jardinières modèle à trépied en bois sculpté et doré. Travail moderne florentin. — Haut., 55 cent.

70 — Très-petit cabinet enrichi d'incrustations d'ivoire. Travail du xvie siècle. — Larg., 26 cent.

71 — Pendule de forme carrée en bronze, à ornements ciselés, reposant sur des syrènes et à cadran à cartouches. Elle est surmontée d'une urne à trépied.—Haut., 58 c.

72 — Pendule Louis XVI en bronze ciselé et doré au mat et marbre blanc, modèle lyre, surmontée d'une cariatide d'enfant portant une corbeille de fruits.—Haut., 70 c.

73 — Coupe ronde en cuivre rouge, décorée d'ornements et d'oiseaux, repoussés et repercés à jour.

74 — Deux petits bustes d'hommes en bronze florentin du xvie siècle, à cire perdue.

75-76 — Quatre plats en cuivre jaune repoussé, portant des inscriptions gothiques gravées. Ils seront vendus séparément.

77—Diverses pièces en bronze, telles que : pommes de chenets, figurines, etc., seront vendues séparément.

TAPISSERIES ET ÉTOFFES

78-83 — Six tapisseries de Flandres de la fin du xvie siècle, à sujets de chasse, champêtres et autres, avec riches bordures. Elles seront vendues séparément.

84 — Tapis de table en gros de Tours, violet, broché à fleurs et ornements.

85 — Couvre-pieds en soie brochée à fleurs sur fond jaune.

86 — Couvre-lit brodé à fleurs et oiseaux sur fond blanc. Travail portugais.

87 — Couvre-lit en soie broché à fleurs et ornements, sur fond vert olive.

88 — Cinq morceaux d'étoffe de soie brodée à fleurs et
ornements, sur fond rosé.

89 — Petit tapis de table en soie bleu clair et guipure ancienne.

90 — Nappe en guipure ancienne.

ARMES ET OBJETS DIVERS

91 — Casque à visière, à crête dorée, xvi° siècle.

92 — Dague à lame striée et repercée à jour, xvi° siècle.

93-94-95 — Diverses épées anciennes et pièces d'armes
qui seront vendues par lots.

96 — Lot de cristaux de roche pour lustres.

97 — Eventail Louis **XVI** en nacre sculptée et feuille peinte
sur soie.

98 — Boîte hexagone en laque du Japon, à médaillon d'i-
voire avec oiseaux laqués.

99 — Deux petits socles en marbre avec moulures en marbre
de rapport.

100 — On vendra sous ce numéro les objets non catalogués.